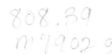

THE GIFT OF THE
POINSETTIA

EL REGALO DE LA
FLOR DE NOCHEBUENA

BY PAT MORA & CHARLES RAMÍREZ BERG
ART BY DANIEL LECHÓN

PIÑATA
BOOKS

For Dan Moore and Father Murray Bodo
who listen and care
—Pat Mora

For my children—Charles, Anne-Marie, and Christina—
the three most wonderful gifts I've ever received.
—Charles Ramírez Berg

Publication of *The Gift of the Poinsettia* is made possible through support from the Andrew W. Mellon Foundation, the Lila Wallace-Reader's Digest Fund and the National Endowment for the Arts. We are grateful for their support.

Esta edición de *El regalo de la flor de Nochebuena* ha sido subvencionada por la Fundación Andrew W. Mellon, el Fondo Lila Wallace-Reader's Digest y el Fondo Nacional para las Artes. Les agradecemos su apoyo.

Piñata Books are full of surprises!

Piñata Books
A Division of Arte Público Press
University of Houston
Houston, Texas 77204-2090

Design and Illustrations by Daniel Lechón

Music Graphic by Dr. John Snyder
School of Music, University of Houston

Mora, Pat.
    The gift of the poinsettia = El regalo de la flor de nochebuena / by Pat Mora and Charles Ramírez Berg ; illustrated by Daniel Lechón.
        p.   cm.
    Summary: As he participates in the festivities of Las Posadas, preparing for the birth of Christ, a young Mexican boy worries about what gift he will have for baby Jesus.
    ISBN 1-55885-137-2 (hardcover) / ISBN 1-55885-242-5 (paperback)
    [1. Christmas—Fiction. 2. Posadas (Social custom)—Fiction. 3. Mexico—Fiction. 4. Spanish language materials—Bilingual.] I. Berg, Charles Ramírez, 1947– . II. Title. III. Title: Regalo de la flor de nochebuena.
    PZ73.M636 1995   94-37233
                                                                                                                CIP
                                                                                                                AC

The paper used in this publication meets the requirements of the American National Standard for Permanence of Paper for Printed Library Materials Z39.48-1984. ∞

THE GIFT OF THE
POINSETTIA

EL REGALO DE LA
FLOR DE NOCHEBUENA

Long ago, a boy named Carlos lived in the small Mexican town of San Bernardo.

One cool evening Carlos opened the heavy wooden door of his home and peeked out. This was the first night of *las posadas*. It was quiet. Chimney smoke curled from the roof of each adobe home.

"Chico," said Carlos to his dog, "come and look at the stars. See how they twinkle. Even the sky knows the *posadas* begin tonight."

Carlos shut the door and looked at his aunt, Nina, who was chopping chiles. Nina's hair was white. She moved slowly. Nina was Carlos' whole family, and she was enough.

In this small house, Carlos and Nina danced, they played, they talked. Nina and Carlos were poor, but their house was full of love. "Love is magic," Nina would say.

Había una vez un niño llamado Carlos que vivía en el pueblito mexicano de San Bernardo.

Una noche fresca Carlos abrió la pesada puerta de madera de su casa y se asomó a la calle. Era ésta la primera noche de las posadas. Todo estaba callado. De la chimenea de cada casita de adobe salían volutas de humo.

—Chico— le dijo Carlos a su perro —ven a mirar las estrellas. Mira como cintilan. Hasta el cielo sabe que las posadas comienzan esta noche.

Carlos cerró la puerta y se puso a mirar a su tía Nina picar chiles. Nina tenía el pelo blanco y andaba siempre muy despacio. Carlos no tenía más familia que Nina, pero le bastaba.

En la pequeña casita Carlos y Nina bailaban, jugaban, hablaban. Aunque Carlos y Nina eran pobres, la casa estaba llena de cariño.

—El amor es mágico— Nina decía.

Carefully, Carlos put Chico's food next to the fireplace. Chico licked Carlos' face and put his paws on Carlos' shoulders.

"No, Chico," said Carlos. "No time to play tonight. I can't be late for *las posadas*. Nina needs to rest these nights. I must go alone this year."

Carlos combed his hair and went to Nina. She looked at him and smiled her Nina smile.

"Carlos, when you are out under the stars, sing with all your heart. I will make you hot *chocolate* when you return, and you can tell me all you saw. See everything for me. *Ven*, here is your candle."

Outside, Carlos took a deep breath. He stood as tall as he could. He looked in the window and saw Chico and Nina warming themselves by the fire. He felt happy knowing they would be waiting to hear about this night.

Carlos colocó la comida de Chico cerca de la chimenea con cuidado. Luego Chico le lamió la cara a Carlos y le puso las patas sobre los hombros.

—No, Chico— le dijo Carlos. —Esta noche no tengo tiempo para jugar. No puedo llegar tarde a las posadas. Como Nina se cansa mucho, este año me toca ir solo.

Carlos se peinó y se presentó ante Nina. Ella lo miró y le sonrió con una sonrisa muy de Nina.

—Carlos, cuando estés afuera, bajo las estrellas, canta con todo el corazón. Cuando regreses, te haré chocolate caliente y entonces me cuentas todo lo que hayas visto. Fíjate en todo para que me lo cuentes bien. Ven, aquí tienes tu vela.

Una vez afuera, Carlos respiró profundamente. Se estiró tan alto como pudo. Miró hacia la ventana y vio a Chico y a Nina calentándose junto a la chimenea. Estaba muy contento porque lo estarían esperando para que él les contara todo lo que pasara esta noche.

Carlos joined the people gathered in front of a house that seemed to glow. *"Buenas noches, buenas noches,"* he said. Candles flickered in all the windows. Soon, two boys arrived carrying a tray with two small statues, Joseph and Mary riding a donkey.

Doña Lola said, *"Bueno,* tonight, December 16, we begin our journey. Remember that we are travelers with *María y José,* Mary and Joseph. We seek rooms in an inn, a *posada,* just as they did long ago. For nine nights we will meet and carry these statues to the next house on our journey.

"Each night we will knock at the door. We will ask for shelter, a place to rest for the night. This is a special time of preparing our hearts for Christmas, of deciding what gift each of us can offer to the Baby Jesus, *el Santo Niño."*

Carlos se unió al grupo de gente en frente de una casa que parecía brillar. —Buenas noches, buenas noches— dijo Carlos. Había una vela en cada ventana. Pronto llegaron dos niños que traían una bandeja con dos pequeñas estatuas de José y María montada en un burro.

Doña Lola les dijo —Bueno, esta noche, el 16 de diciembre, comienza nuestro viaje. Recuerden que somos viajeros que acompañan a la Virgen María y San José. Vamos a pedir hospedaje en una posada como lo hicieron ellos hace tanto tiempo. Nos reuniremos por nueve noches para llevar estas estatuas de una casa a la otra durante el viaje.

—Cada noche tocaremos a la puerta. Pediremos posada, un lugar donde pasar la noche. Este es el momento especial de preparar nuestros corazones para la Navidad, de decidir qué regalo cada uno de nosotros le va a ofrecer al Santo Niño.

Doña Lola knocked on the door of the house. Carlos and the people of his town sang:

> "In the name of Heaven
> Won't you give us shelter?
> My dear beloved wife
> Tonight can go no further."

The family inside the house answered,

> "This is not an inn.
> Continue, sir, I plead."

Carlos and the others sang,

> "My wife is María;
> She's the Queen of Heaven."

The family inside the house answered,

> "Open all the doors.
> Veils we'll tear aside."

Doña Lola tocó a la puerta de la casa. Carlos y la gente de su pueblo cantaron:

> "En nombre del cielo
> Pedimos posada,
> Pues no puede andar
> Mi esposa amada."

De adentro de la casa la familia contestó:

> "Aquí no es mesón.
> Sigan adelante."

Carlos y los demás cantaron:

> "Mi esposa es María,
> Es Reina del Cielo."

Desde dentro de la casa la familia contestó:

> "Ábranse las puertas,
> Rómpanse los velos."

Slowly the door of the house opened. Carlos' eyes grew wide. He saw candles and small lanterns. He saw plates of cookies, *pan dulce*, fruit punch, and candies.

Carlos and the others knelt before *el nacimiento*, the manger.

"On Christmas Eve," thought Carlos, "I will go with the other children to the church. We will each place a special gift at the *nacimiento*, for the Baby Jesus. But Nina and I have no money. What can I give that will be special?"

When Carlos returned home, he told Nina and Chico about the statues of Mary and Joseph and about the songs and prayers.

La puerta de la casa se abrió lentamente. Carlos se maravilló al ver velas y linternas, platos de bizcochitos, pan dulce, ponche y dulces.

Carlos y los otros niños se arrodillaron ante el nacimiento.

—En Nochebuena— pensó Carlos— iré a la iglesia con los otros niños. Cada uno le daremos al Santo Niño un regalo especial. Pero Nina y yo no tenemos dinero. ¿Qué podré ofrecer que es especial?

Al volver a casa, Carlos les contó a Nina y a Chico lo de las estatuas de la Virgen María y San José y lo de las canciones y las oraciones.

On the second night, Carlos told them, "Tonight it rained candy!"

Nina smiled. "Ah, a *piñata*," she said.

"Oh, Nina, it was so beautiful," Carlos said softly. "It was a star of many colors hanging from the ceiling. Whack! Whack! Whack! went the stick as one by one we tried to break the *piñata*. Finally, Violeta did break it. Fruit and candy, delicious candy, poured out. We all scrambled to grab some. Here, Nina, here Chico, I brought some for us."

Then the three of them sat eating their Christmas candy. They stared into the fire, imagining the *piñata* swinging back and forth, back and forth.

But that night, in the dark, Carlos worried about his gift for the *Santo Niño*.

—¡Hoy llovieron dulces!— Carlos les contó la segunda noche.

—Ah, una piñata— Nina dijo sonriendo.

—Ay, Nina, fue tan hermosa— Carlos le dijo suavemente. —Era una estrella de muchos colores colgada del techo. ¡Pum! ¡Pum! ¡Pum! el palo le iba dando mientras uno por uno tratábamos de romper la piñata. Finalmente, Violeta pudo romperla. Frutas y dulces, dulces deliciosos, empezaron a caer. Todos corrimos a agarrarlos. Mira, Nina. Mira, Chico. Aquí tienen los dulces que les traje.

Entonces los tres se sentaron a comerse sus dulces de Navidad. Tenían los ojos clavados en el fuego de la chimenea, imaginándose cómo se mecía la piñata de aquí para allá, de allá para acá.

Pero esa noche en la oscuridad, Carlos empezó a preocuparse sobre el regalo que iba a llevarle al Santo Niño.

On the third night, Carlos returned carrying a small bundle. "Tonight, Nina, I saw a table heavy with sweets, as in a dream. There were huge paper flowers and plates and plates of desserts you like, *bizcochos*, the anise cookies you make, and candied fruit of every color."

Carlos unwrapped his bundle and smiled at the look on Nina's face.

"Carlos, you must help me eat all this," said Nina.

"Chico will help us," said Carlos. Yes, even Chico liked the *bizcochos* and candied pumpkin from the *posadas*.

La tercera noche, Carlos regresó con un pequeño paquete. —Esta noche, Nina, vi una mesa cubierta de dulces, como en un sueño. Había flores grandes de papel, y muchos platos de los postres que te gustan, bizcochos, las galletas de anís como las que tú haces, y fruta de todos los colores. Carlos desenvolvió su paquete y sonrío a Nina.

—Carlos, tienes que ayudarme a comer todo esto— dijo Nina.

—Chico nos ayudará— dijo Carlos. Sí, también a Chico le gustaban los bizcochos y el dulce de calabaza cristalizada ofrecidos en las posadas.

On the fourth night, Carlos said, "Tonight I will tell you about my favorite game at *las posadas*. The lady of the house gave us *cascarones*, egg shells filled with confetti. We all ran about cracking eggs on heads but trying not to get hit. We laughed and laughed."

Carlos held up one of the eggs to show Nina. Chico thought it was more candy and jumped to bite it. The egg burst. Confetti filled the air. Nina, Carlos, and Chico all got sprinkled with bits of red, yellow, green, and blue paper.

Carlos placed a soft kiss on Nina's head and said, "You have jewels in your hair, Nina."

"So do you," said Nina laughing.

"And Chico," they said together.

La cuarta noche Carlos les dijo —Hoy les voy a contar de mi juego favorito en las posadas. La señora de la casa nos dio cascarones de huevo llenos de confeti. Todos nos pusimos a correr y a tratar de romperles cascarones en la cabeza a los demás . . . pero tratando que no nos los rompieran a nosotros. ¡Cómo nos reímos!

Carlos le mostró uno de los cascarones a Nina. Chico, pensando que era un dulce, saltó para morderlo. La cáscara de huevo explotó y el aire se llenó de confeti. Nina, Carlos y Chico quedaron rociados de pedacitos de papel rojo, amarillo, verde y azul.

Carlos besó suavemente a Nina en la frente y le dijo —Tienes el pelo lleno de joyas, Nina.

—Tú también— Nina le dijo riéndose.

—Y Chico también— dijeron los dos juntos.

The next night, after Carlos told Nina and Chico about the rows and rows of *papel picado*, cut paper, fluttering above the manger, he went to bed early. Carlos was worried.

"What shall I do, Chico? I can bring Nina candy and confetti, but what can I take to the Baby Jesus on Christmas Eve? I want my gift to glow like a jewel."

Walking home on the sixth night, Carlos was very sad. He stopped on the hilltop, and he sat on his favorite rock to stare at the stars.

"I have no gift for the *Santo Niño*," thought Carlos. "I wish a star would drop from the sky. I would catch it, carry it home, and surprise Nina and Chico. I would take the star to the church on Christmas Eve. It would be my shiny gift for the Baby Jesus."

But no star fell from the sky.

A la noche siguiente, Carlos les contó a Nina y a Chico del papel picado que aleteaba sobre el pesebre. Carlos estaba preocupado y se acostó temprano.

—¿Qué voy a hacer, Chico? Yo puedo traerle dulces y confeti a Nina. Pero ¿qué puedo llevarle al Santo Niño para la Nochebuena? Yo quiero que mi regalo brille como una joya.

Carlos estaba muy triste mientras caminaba de regreso a su casa la sexta noche. Paró un rato y se sentó en su roca favorita para mirar las estrellas.

—No tengo ningún regalo para el Santa Niño— Carlos pensaba. —Ojalá que una estrella cayera del cielo. Yo la agarraría, la llevaría a casa y les daría una sorpresa a Nina y a Chico. Entonces llevaría la estrella a la iglesia para la Nochebuena. Ese sería el regalo brillante que le daría al Santo Niño.

Pero ninguna estrella cayó del cielo.

"Look what the lady of the house gave me," said Carlos on the seventh night. He held up two *farolitos*, tin lanterns. "They are to make our town glow on *Nochebuena*, Christmas Eve. They will light the way for the *Santo Niño*. On *Nochebuena*, we will place lanterns in the trees, on roofs, around the church. And this year, Nina, we too will have our own *farolitos* to hang outside our door. Oh, Nina, what a night Christmas Eve will be."

On the eighth night, Carlos received *tamales* and *buñuelos*. Carlos loved *buñuelos*, the crisp, thin cookies sparkling with sugar made for *Nochebuena*.

At home Carlos asked, "Nina, tomorrow will you go with me to the church? Chico will guard our home. First we will light our *farolitos*. Then we will carry our candles to the last house of the *posadas*. The boys will take the statues of Joseph and Mary and place them in the *nacimiento* at the church. The journey will be over."

Carlos became quiet.

—Mira lo que la señora de la casa me regaló— les dijo Carlos a Nina y a Chico la séptima noche, mostrándoles dos farolitos. —Son para que nuestro pueblo brille en la Nochebuena. Van a alumbrarle el camino al Santa Niño. En Nochebuena vamos a ponerles farolitos a los árboles, a los techos y todo alrededor de la iglesia. Y este año, Nina, nosotros también tendremos nuestros farolitos para colgar afuera de la casa. Ay, Nina, ¡qué Nochebuena vamos a tener!

La octava noche, a Carlos le dieron tamales y buñuelos. A Carlos le encantaban los buñuelos, unas confituras muy finas, tostadas con una cubierta brillante de azúcar, preparados especialmente para la Nochebuena.

En casa, Carlos le preguntó a Nina —Nina, ¿vas a ir mañana conmigo a la iglesia? Chico se quedará a cuidar la casa. Primero prenderemos los farolitos. Después vamos con nuestras velas a la última casa de las posadas. Los niños llevarán las estatuas de San José y la Virgen María para ponerlas en el nacimiento de la iglesia. El viaje se acaba.

Carlos se quedó callado.

"Carlos," said Nina, "don't forget that you and the other children will each place a small gift before the manger."

Carlos said nothing.

Nina knew Carlos was worried. "Jesus was poor, like you Carlos. He loved to run and play in the hills of his town, just as you do. Go out tomorrow and collect the plant that grows wild near your favorite rock. That plant can be your gift."

"But Nina, I want my gift to shine," said Carlos. "I can't take a weed as a gift!"

"The *Santo Niño* will understand," said Nina. "Love makes small gifts special."

—Carlos— le dijo Nina —no te olvides que tú y los otros niños dejarán un pequeño regalo en frente del nacimiento.

Carlos no dijo nada.

Nina sabía que Carlos estaba preocupado. —Jesús era pobre como tú, Carlos. A Él le gustaba correr y jugar por las lomas de su pueblo igual que a ti. Vé mañana para que consigas una plantita que crece cerca de tu roca favorita. Esa planta será tu regalo.

—Pero, Nina, yo quiero que mi regalo brille— le dijo Carlos. —¡Cómo voy a llevar una yerba de regalo!

—El Santo Niño lo comprenderá— le dijo Nina. —A los pequeños regalos el amor los hace especiales.

Finally it was Christmas Eve. Carlos stood in line before the manger with the other children holding his little plant. Some of the children carried presents, flowers, or small wooden toys.

Carlos felt sad. He thought, "My gift is such a small gift." A tear slipped down his face and fell on his plant.

Al fin llegó la Nochebuena. Carlos, con su planta en la mano, estaba en la fila en frente del nacimiento con los otros niños. Algunos de los niños tenían regalos, flores o pequeños juguetes de madera.

Carlos estaba muy triste. Él pensaba, —Mi regalo es tan pequeño.—Una lágrima le rodó por la cara y vino a caer sobre la planta.

Then something happened. His tear turned the leaf red, bright, bright red. Carlos looked at Nina. He looked back at the plant in his hand. Another tear fell, and another leaf turned red, bright red. Carlos looked at Nina again. She smiled.

Then it was his turn to place his gift before the *nacimiento*. Carlos put down his glowing red plant. It was the most beautiful gift in the church. Carlos squeezed Nina's hand. She had been right. Love is magic. Love makes small gifts special.

Entonces algo pasó. La lágrima cambió una de las hojas, la volvió roja, un rojo brillante. Carlos miró a Nina. Luego volvió a mirar la planta que tenía entre sus manos. Otra lágrima cayó sobre la planta y otra de las hojas cambió de color y se volvió roja, un rojo brillante. Carlos miró a Nina otra vez. Ella le sonrió.

Entonces le tocó a él dejar su regalo ante el nacimiento. Carlos colocó su planta, roja y brillante, ante el Santo Niño. Era el regalo más hermoso en toda la iglesia. Carlos le apretó la mano a Nina. Nina había tenido razón. El amor es mágico. A los pequeños regalos el amor los hace especiales.

Asking for Lodging/Pidiendo posada

Asking for lodging:

In the name of Heaven
Won't you give us shelter?
My dear beloved wife
Tonight can go no further.

This is not an inn.
Continue, sir, I plead.
I can't let you enter.
You might just be thieves.

My wife is María;
She's the Queen of Heaven
And soon will be the mother
Of the Word Divine.

Is that you José?
And is that María?
Enter, pilgrims, enter!
We had no idea.

*Upon opening the doors,
the family inside sings:*

Open all the doors.
Veils we'll tear aside,
For the King of Heaven
Has come to rest inside.

Enter holy pilgrims.
Please accept this space,
Not in this poor shelter,
But our hearts be His place.

Pidiendo posada:

En nombre del cielo
Pedimos posada,
Pues no puede andar
Mi esposa amada.

Aquí no es mesón.
Sigan adelante.
Yo no puedo abrir.
No sea algún tunante.

Mi esposa es María.
Es Reina del Cielo,
Y madre va a ser
Del Divino Verbo.

¿Eres tú José?
¿Tu esposa es María?
Entren, peregrinos,
No los conocía.

*Al abrirse la puerta, la familia
de la casa canta:*

Ábranse las puertas,
Rómpanse los velos,
Que viene a posar
El Rey de los Cielos.

Entren, santos peregrinos.
Reciban este rincón,
No de esta pobre morada,
Sino de mi corazón.

Pat Mora is one of the most renowned Hispanic writers for children, young adults and adults. Among her titles for children are *Listen to the Desert: Oye el desierto, Pablo's Tree* and *The Desert Is My Mother*. Mora has received fellowships from the National Endowment for the Arts and the W.K. Kellogg Foundation. She is the mother of three children.

Pat Mora es una de los escritores hispanos más celebrados para niños, jóvenes y adultos. Sus libros infantiles incluyen: *Pablo's Tree* (El árbol de Pablo), *Listen to the Desert: Oye el desierto* y *El desierto es mi madre*. Mora es becada del Fondo Nacional para las Artes y la Fundación W.K. Kellogg. La escritora tiene tres hijos.

Charles Ramírez Berg, a native of El Paso, is a professor of Communications at the University of Texas at Austin, specializing in film. He is also a short-story writer and father of three children.

Charles Ramírez Berg, nativo de El Paso, es profesor de cinematografía en el Departamento de Medios de Comunicación de la Universidad de Texas en Austin. También es cuentista y padre de tres hijos.

Daniel Lechón is a prize-winning artist whose works have been collected and exhibited in museums and galleries in the United States and Mexico. Lechón currently resides in Houston, Texas, where he shares his talents as an illustrator for Arte Público Press and continues to produce fine works for exhibit and sale.

Las obras de Daniel Lechón se han coleccionado y expuesto en museos y galerías en los Estados Unidos y México. Lechón reside en el presente en Houston, Texas. Dedicado a su labor artística, el maestro colabora con sus diseños e ilustraciones para Arte Público Press.